ここは　ふしぎな　ようせいの　もり
はなの　ようせいたちの　くらす　もり
さあ　とんでいこう
せなかの　はねを　ひろげて
ほら　あなたの　かたまで
ほら　きみの　てのひらまで
さあ　とんでいくよ
ここは　ふしぎな　ようせいの　もり

ようせいじてん

花《はな》のようせい 12か月《げつ》

小手鞠《こでまり》るい・作《さく》　永田《ながた》萠《もえ》・絵《え》

fragrant olive
false holly
gentian

cosmos

water lily
sunflower
hydrangea

April

チューリップのようせい

4月《がつ》

tulip

ねえ　チューリップのようせいさん
そろそろ　めを　さまして
たびに　でかけようよ
おひさまの　こえに　めを　さました
あかいチューリップのようせいは
つやつやの　はねを　ひろげて
げんきいっぱい　とびだしてきた

きらきら　おひさま　こんにちは
あっ　そのまえに　おはようだ！

あかいチューリップのようせいは
ぼうけんが　だいすき
さあ　きょうは　どこまで　でかけよう
ずっと　ずっと　とおい　ところまで
いってみたいな

そこへ　のうさぎが　やってきた
ぼくの　せなかに　のっていくと　いいよ
とおい　とおい　ところまで
つれていってあげる

おてんばむすめの　きいろいチューリップちゃん
おしゃべり　だいすき　ピンクのチューリップちゃん
あさねぼうの　クリームいろのチューリップちゃん
みんな　みんな　いってくるね

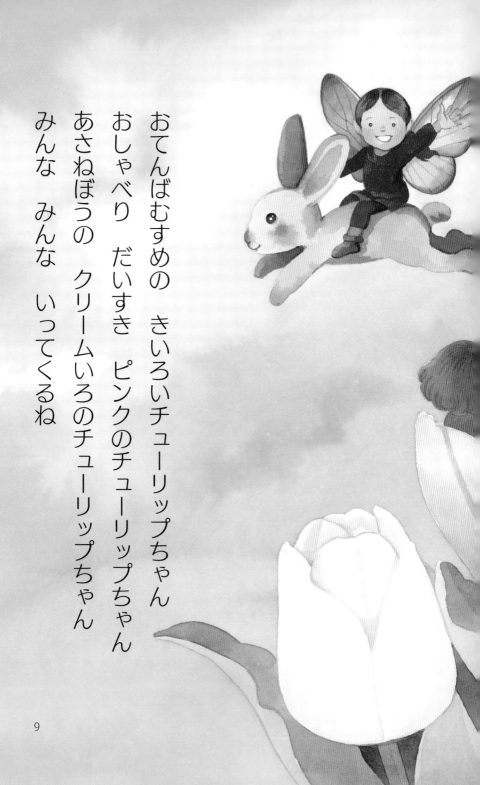

さあ　ついたよ
のうさぎが　つれてきてくれたのは
ひろい　ひろい　のはら
みわたすかぎり　みどりの　くさ
あかいチューリップのようせいは
はねを　ひろげて　とびまわった
いってみよう
とおくまで
もっと　もっと
とおくまで

いつも　にこにこ
たんぽぽさん
はずかしがりやの
すずらんさん
ブルーのひとみの
すみれさん
みつばと　よつばの
クローバーさん
みんな　みんな
こんにちは
あっ　そのまえに　おはようだ！

May

5月《がつ》

ばらのようせい

しろいばらのようせいは
すてきな　すてきな　おうじさま
あおい　ぼうしに　はねかざり
あまい　かおりを　ふりまきながら
かぜを　つれて　やってくる

もりの　おしろの　かだんでは
おひめさまも　じょおうさまも
いまか　いまかと　まっている

ミニばらたちが　ささやいた
おうじさまが　やってきたよ
さあ　みんなで　おでむかえ
しろいばらのようせいは
かぜに　のって　かけめぐる
しろいマントを　なびかせて
まほうの　つえを　ふりながら

もりの　おしろの　かだんでは
まほうに　かかった　ばらたちが
みて　みて　みてと　つぎつぎに
はなを　さかせて　ほほえんでいる
おひめさまは　ピンクのばら
じょおうさまは　あかいばら
おしろを　まもる　きしたちは
きいろい　うまに　またがって

しろいばらのようせいは
すてきな　すてきな
おうじさま
かぜと　いっしょに
さっていく
どこから　きたのか
どこまで　いくのか
おしろの　みんなは
だれも　しらない

June

あじさいのようせい

6月《がつ》

hydrangea

わたしの　なまえは
あじさいです
ブルーのあじさいの
ようせいです

わたしは　あめを
ふらせるのが　とくいです
こんいろの　えのぐを
ぽつんと　ひとしずく
えふでから　おとします

ぽつん　ぽつん　ぽつん
あとから　あとから
おとします
わたしは　あめが
だいすきです

とおくで　かみなりが　なりはじめます
あめが　あめを　つれてきます
おともだちの　ようせいの
ホワイトくんも　パープルちゃんも
いけの　すいれんのようせいたちも
みんな　みんな　あめが　だいすき

はっぱの　かさの　したで
あまやどりを　しているのは
かたつむりの　おじいちゃん
はっぱの　うえで
うたっているのは
かえるの　おばあちゃん
みんな　みんな
あめが　だいすき

July

7月《がつ》 すいれんのようせい

water lily

あたしは
すいれんちゃん
ピンクのすいれんのようせいです
いけの　なかから　するすると
まっすぐな　くきを　のばして
まんまるい　はっぱを　ひろげて
はっぱと　はっぱの　あいだで
はなを　さかせます

あたしは　うたが　だいすきです
あたしが　うたうと
おともだちも　うたいます
しろいすいれんさんは
ふかい　やさしい　こえの　もちぬし
いけの　ほとりでは
アイリスさんが　うたいはじめます

あめが　ふってきました
ブルーのあじさいさんが
ふらせてくれたのでしょう
あたしたちは　こえを　あわせて
あめの　うたを　うたいます

うたごえは　いけから
にわの　かだんまで　とどいて
あさがおさんが　うたいはじめます
いろんなこえが　きこえてきます
バス　テノール　アルト　ソプラノ
さて　あしたの　あさは
どんな　いろの　はなを
さかせてくれるのでしょう

August

8月《がつ》

sunflower

ひまわりのようせい

ひまわりのようせいは
たいようの　くにで
うまれた
オレンジいろのシャツに
きいろいショートパンツ

さあ　きょうは
だれと　いっしょに　あそぼう

ねえ　みつばちさん
おいかけっこ　しない？
いいよ　よーい　どん！
そらの　うんどうじょうを
はしって　とんで　はしって
あれ？
みつばちさん　どこに？
いつのまにか　かくれんぼ

みぃつけた！

そこへ　ちょうちょが　とんできた
ねえ　ひまわりちゃん
ぼくと　いっしょに
おいかけっこ　しようよ
うん　おともだちも
さそってみるね
ねえ　マリーゴールドさん
ねえ　ポンポンダリアくん
みんなで　いっしょに
おいかけっこ　しようよ

おひさまが　しずむと
ひまわりのようせいは
うさぎさんと　いっしょに
ベッドのなかへ
さあ　こんやは
どんな　ゆめを　みよう
オレンジいろのドレスを　きて
きいろいロケットに　のって
きんいろに　かがやく
おつきさまの　くにまで
いってみようか

September

9月《がつ》

cosmos

コスモスのようせい

やさしくて　あたたかい
コスモスのようせいは
のはらで　うまれた　おとこのこ
あきかぜに　さわさわ　ゆれる
コスモスのようせいは
おしゃれが　だいすき

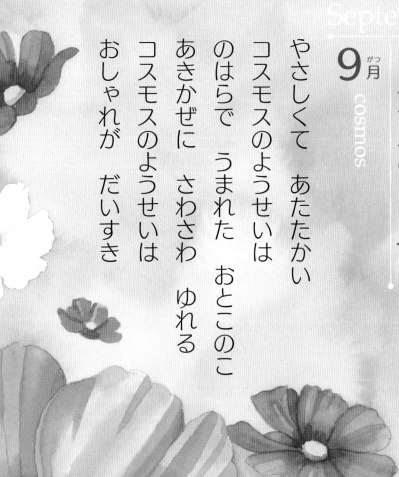

ピンクいろのシャツに
ココアいろのズボン
あたまには　うすむらさきの
ベレーぼう
コスモスくんには
うつりかわる　ゆうやけの
そらの　いろが　よく　にあう

ねえ
コスモスくん
わたしたちも
おしゃれを　したいの
なでしこさん　のぎくちゃん
きみたちは　そのままで　おしゃれだよ
みんなで　ファッションショーを
ひらこうよ

おしゃれなコスモスのようせいは
ほんを　よむのが　だいすき
さあ　きょうは　どんな　ほんを　よもう
ピンクいろの　ひきだしの　なかから
えんじいろの　ほんを　とりだして
うすむらさきのページを　あけて
おしゃれな　あきの　こうようの
もりの　ものがたりを　よんでみよう

October

10月《がつ》

りんどうのようせい

gentian

ぼくの　なまえは　りんどう
うみの　いろに　そまった
りんどうのようせいです

ぼくは
フルートが　だいすきです
そっと　いきを　ふきこむと
つぼみが　ひらいて
おとが　でます
かたい　つぼみからは　たかい　おと
やわらかい　つぼみからは　ひくい　おと
おとと　おとが　かさなって
まるで　うみの　なみの　ようです

ぼくの　あこがれの　おねえさんは
ほしの　かみかざりの　にあう
ききょうのようせいです
おねえさんは　バイオリンが　とくい
バイオリンを　かたに　のせて
すてきな　おんがくを　つくります
おほしさまを　みつめていると
メロディが　うかんでくるのです
ぼくたちには　ひみつが　あります
うみと　ほしの　ひみつです

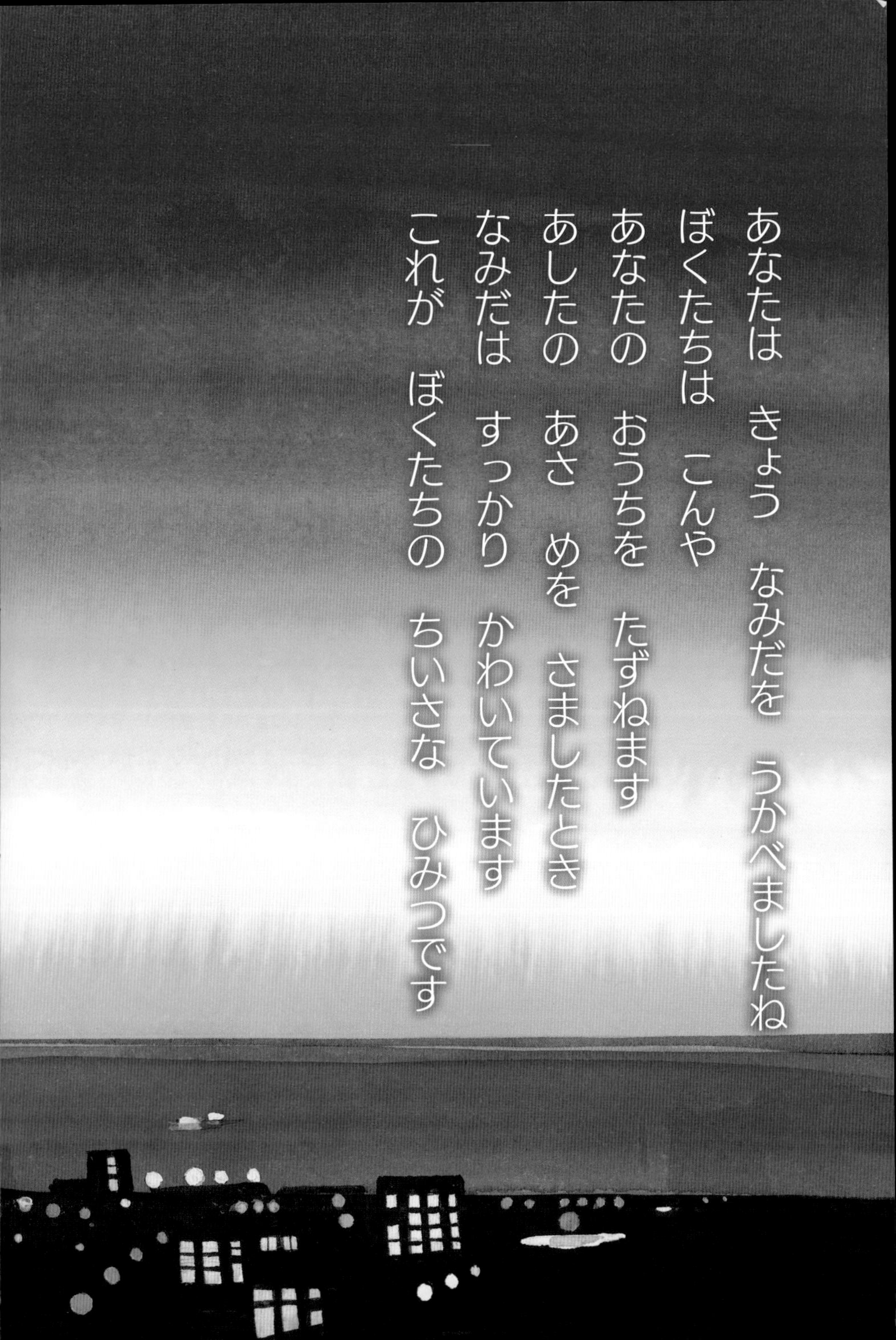

あなたは　きょう　なみだを　うかべましたね
ぼくたちは　こんや
あなたの　おうちを　たずねます
あしたの　あさ　めを　さましたとき
なみだは　すっかり　かわいています
これが　ぼくたちの　ちいさな　ひみつです

November

11月《がつ》

fragrant olive

きんもくせいのようせい

きんもくせいのようせいは
ダンスの　とくいな　おんなのこ
つきよの　ばんには　おどりだす
はねを　ひろげて　くるくると
まわれば　よぞらに　ひかりのシャワー
わくわく　わくわく　たのしいな
こんやは　どんなパーティが　はじまるのかな

ぎんもくせいのようせいは
きんもくせいのようせいの　おとうと
ひかりのシャワーを　りょうてに　うけて
くるくる　くるくる　おどりだす
おどりながら　わくわくしてる
どこからともなく　きこえてくる
りんどうのフルートと
ききょうのバイオリン
おんがくに　あわせて　くるくる　くるくる
ふたりが　おどれば　ふってくる
かおりのシャワーが　ふってくる

さあ　ダンスパーティの　はじまり　はじまり
あきの　よながの　ひかりのシャワー
あきの　よながの　かおりのシャワー

みんな　みんな　わらってる
わらいながら　おどってる
くるくる　くるくる　まわってる
ダンスパーティは　おわらない

December

12月《がつ》 ひいらぎのようせい

false holly

あたしは　ひいらぎのようせい
ふゆの　さむさにも
なつの　あつさにも　まけない
するどい　はっぱを　もっている
けんかを　している　ねこさん
そんなこと　しちゃ　だめだよ

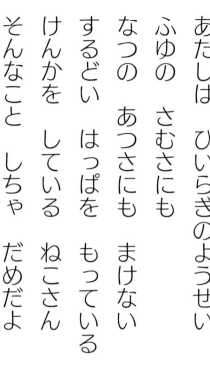

ごめんなさいって　あやまって
なかよくしてね　これからは

ふゆになって
あたり　いちめん　ゆきに　おおわれる
しろい　きせつに
しろい　ちいさな　おはなを
あたしは　いっぱい　さかせるの

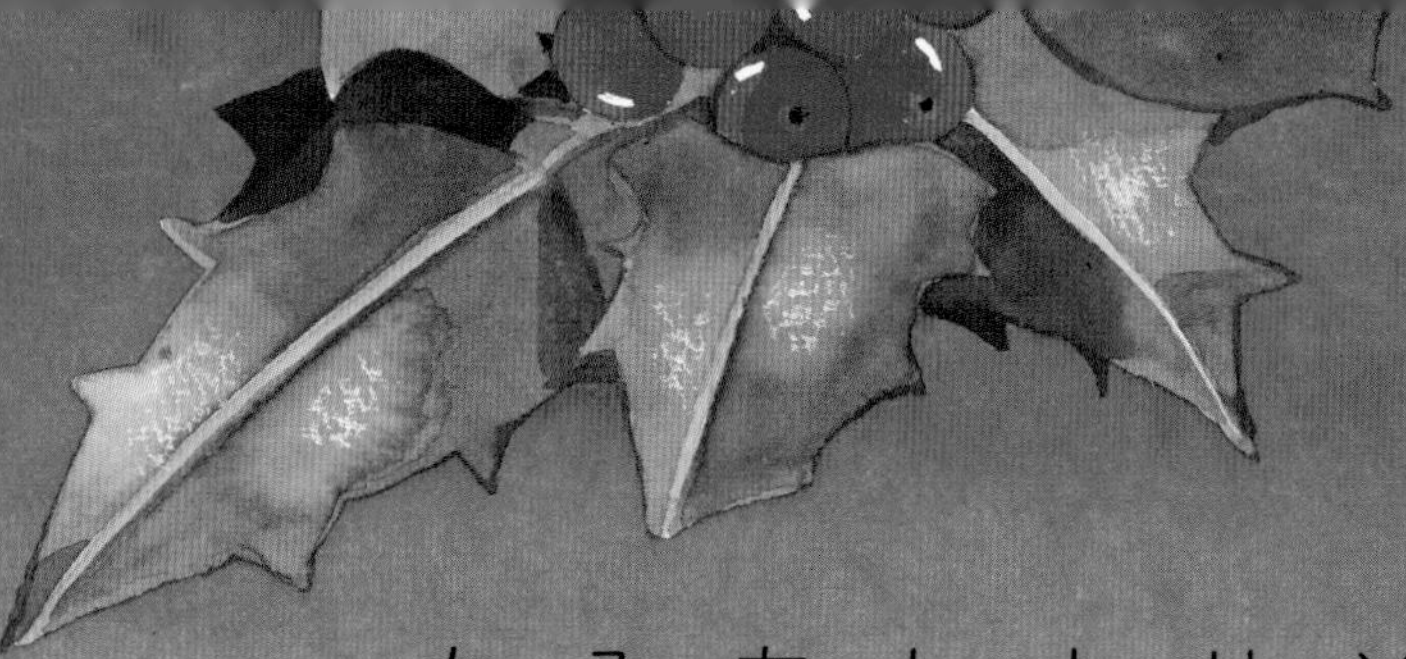

それから　とおい　くにに　すんでいる
せいようひいらぎさんに
カードを　だすの
もうじき　クリスマスだよ
あかい　みを　いっぱい　つけてね
みんな　みんな　クリスマスを
たのしみに　まってるからね

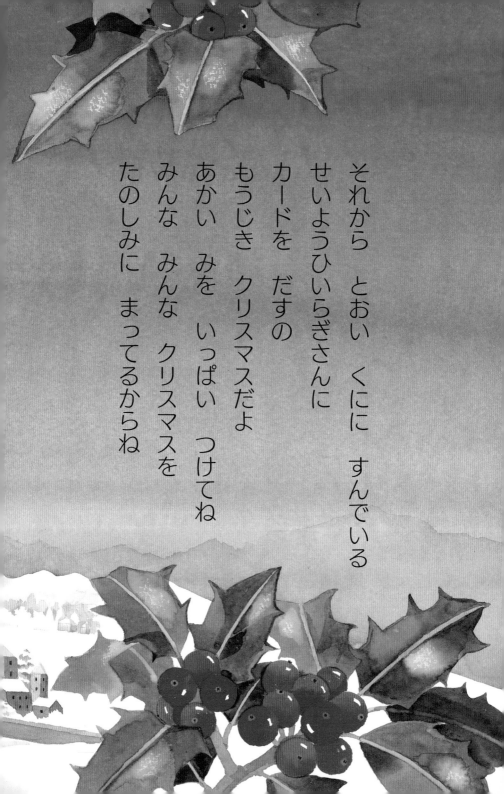

January

1月《がつ》

cyclamen

シクラメンのようせい

みんなで　なかよく　あつまって　さく
シクラメンのようせいは　だいかぞく
おじいちゃんも　おばあちゃんも
ママも　パパも　あみものが　だいすき
ぱちぱち　ぱちぱち　ひばなが　はじける
だんろの　そばに　あつまって
ちくちくちく　ちくちくちくちく

さあ　できあがったぞ
これは　おばあちゃんの　てぶくろだ
わたしは　あと　もうちょっと
これは　おじいちゃんのマフラーなの
やっと　できた
これは　おともだちのセーターよ
ぼくも　あと　もうちょっと
これは　あかんぼうのソックスだ

できあがった　あみものは
きれいな　まんまるい　はこに　いれて
しろと　ピンクと　あかの
さんしょくのリボンを　かけて

さあ　みんなで　とどけに　いこう
こなゆきと　いっしょに　そらを　とんで
のはらへ　もりへ　まちへ

February

2月《がつ》

うめのはなのようせい

plum blossom

しずかな　しずかな　にがつの　あさ
ときどき　こなゆきの　まう
さむい　あさ
あたりは　まだ　くらくて
おはなたちは　みんな
すやすや　ねむっています

クロッカスのようせいは
みどりの　わかばの　ゆめを
すいせんのようせいは
きいろいラッパを　ふいている
ゆめを　みているのでしょう
しずかな　しずかな　よあけまえ
ひとりだけ　めを　さましたのは
うめのはなのようせいです
そろそろ　おてがみを　かかなくちゃ

さくらいろの　びんせんを　とりだして
えんぴつを　にぎりしめ
ていねいに　おてがみを　かきます
どんなことが
かかれているのでしょう
ちょっと　のぞいてみましょうか

おげんきですか
わたしは　とっても
げんきです
そろそろ
あなたの　ばんが
やってきます
すてきな　ゆめから
めざめたら
たびの　したくを
はじめてください

March

3月《がつ》 さくらのはなのようせい

cherry blossom

それまで　つめたかった　かぜに
ちょっぴり　あたたかい　かぜが　まじって
ふゆが　さようならを　つぶやいて
はるが　こんにちはを　ささやいて
かだんでは　ヒヤシンスのようせいが
のはらでは　れんげのようせいが
にっこり　わらった　あるあさ

さくらのはなの
ようせいに
おてがみが　とどく
とどけてくれたのは
うぐいす

おてがみを　よんだ
さくらのはなのようせいは
たびの　じゅんびに　とりかかる
バスケットに　つめこんだのは
ふゆの　あいだに　かんがえた
いろとりどりの　ものがたり

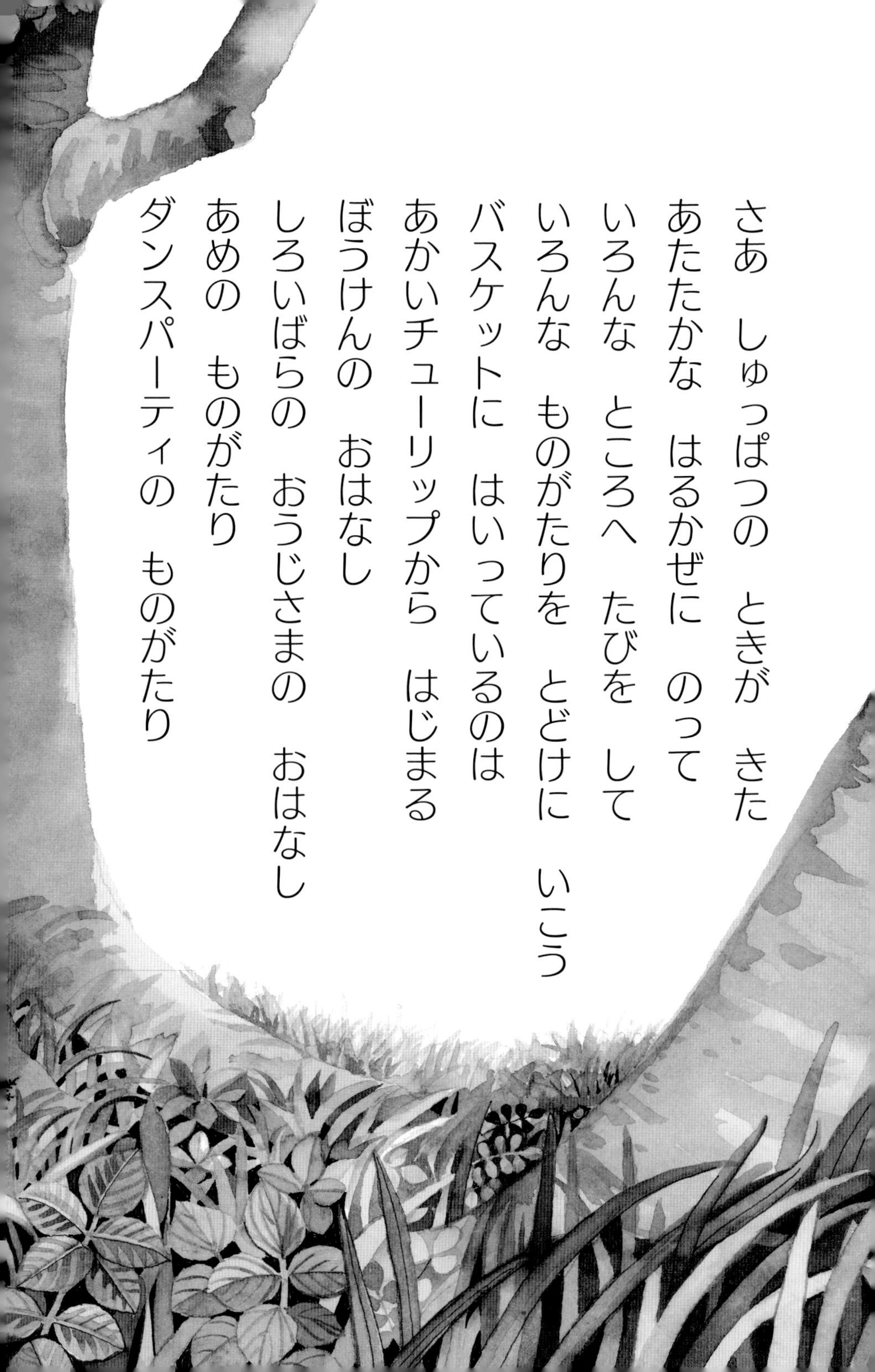

さあ　しゅっぱつの　ときが　きた
あたたかな　はるかぜに　のって
いろんな　ところへ　たびを　して
いろんな　ものがたりを　とどけに　いこう
バスケットに　はいっているのは
あかいチューリップから　はじまる
ぼうけんの　おはなし
しろいばらの　おうじさまの　おはなし
あめの　ものがたり
ダンスパーティの　ものがたり

あなたの　こころの　もりの　なかには
どんな　ものがたりが　うかんでいますか
さくらのはなのようせいは　あなたに
どんな　ものがたりを　とどけてくれたのでしょう

小手鞠《こでまり》るい

小説家、詩人、児童文学作家

やなせたかし氏が編集長を務めていた「詩とメルヘン」に20代の頃から詩を投稿し続け、1981年に「詩とメルヘン賞」を受賞。同年に「サンリオ美術賞」を受賞した永田萠さんと知り合う。詩集『愛する人にうたいたい』『だけどなんにも言えなくて』『夕暮れ書店』を刊行。1992年に渡米し、1993年「海燕」新人文学賞を受賞。2005年『欲しいのは、あなただけ』で島清恋愛文学賞、2019年『ある晴れた夏の朝』で小学館児童出版文化賞を受賞。永田萠さんとのコラボ作として『うさぎのマリーのフルーツパーラー』『同・まいごのこねこ』がある。1956年岡山県生まれ。同志社大学卒業。ニューヨーク州ウッドストック在住。好きな花は、ばら、ラベンダー、コスモス、ゼラニウム、ひまわり。趣味は、登山とガーデニング。

永田《ながた》 萠《もえ》

イラストレーター、絵本作家

「カラーインクの魔術師」と呼ばれる類いまれな色彩感覚と、花と妖精をテーマにした作風で、まもなく画業50年を迎える。170冊を超える著書を出版し、広告や商品等のコマーシャルアートの仕事と両立。国際淡路花博公式ポスター、マスコットなど公共機関への作品提供の他、切手制作も39種を手がけた。1987年、エッセイ画集『花待月に』で、ボローニャ国際児童図書展グラフィック賞を受賞。1991年京都府あけぼの賞、2009年兵庫県芸術文化賞受賞。2016年京都市こどもみらい館館長。2018年姫路市立美術館館長、2022年名誉館長。兵庫県生まれ、京都市在住。著書に『うみのいろのバケツ』（文／立原えりか）、『永田萠 ART BOX 夢みるチカラ』など多数。

シリーズマーク／いがらしみきお
ブックデザイン／脇田明日香

この作品は書き下ろしです。

わくわくライブラリー
ようせいじてん　花《はな》のようせい 12か月《げつ》

2024年4月9日　第1刷発行

作　小手鞠《こでまり》るい
絵　永田《ながた》 萠《もえ》

発行者　森田浩章
発行所　株式会社講談社
〒112-8001
東京都文京区音羽2-12-21
電　話　編集 03-5395-3535
販売 03-5395-3625
業務 03-5395-3615
印刷所　株式会社精興社
製本所　島田製本株式会社

KODANSHA

N.D.C.913 79p 22cm ©Rui Kodemari / Moe Nagata 2024 Printed in Japan ISBN978-4-06-534437-8